VIRGINIE GRIMALDI

FLAVIE PICHOT

La vallée des Ducs

hachette
JEUNESSE

Les enfants sont en vacances dans la vallée des Ducs. Au réveil, Lily cherche ses cousins partout dans la maison.

« Vous savez ce qu'ils fabriquent ? demande-t-elle aux parents.

– Aucune idée, répondent-ils.

– William ! crie-t-elle. Noa ! Assa ! Maël ! Où êtes-vous ? »

Mais personne ne lui répond. Lily est déçue : c'est son anniversaire, et elle aimerait le fêter avec eux.

CERE
ALES
sucre
farine
Cherche Petit Dragon
dans toutes les pages !

Lily tente d'ouvrir la porte du salon, mais elle est fermée à clé.
« C'est Lily ! dit-elle en tambourinant. Vous êtes là ? »
Assa passe sa tête par la porte.
« Je peux venir avec vous ? demande Lily.
– Euh… non, bafouille sa cousine. Je dois aller ramasser du petit bois, tu m'accompagnes ! »
Assa se glisse hors du salon, referme rapidement la porte et entraîne Lily sans lui demander son avis.

Sur la rive du canal qui va de la Sambre à l'Oise,
à l'ombre des chênes centenaires,
les deux cousines cherchent des branches mortes.
« Tu veux en faire quoi ? demande Lily.
– Fabriquer quelque chose, répond Assa. Tiens, il y en a une belle ici !
Encore une ou deux et ce sera bon.

– Tu sais que c'est un jour spécial aujourd'hui ?
murmure Lily en rougissant.
– Ah bon ? s'étonne sa cousine. Ah oui ! C'est la pleine lune ce soir. »
Lily hoche la tête, sans oser dire que c'est surtout son anniversaire.

De retour à la maison avec trois belles branches,
Assa frappe à la porte du salon.
« C'est qui ? demande William de l'autre côté.
– C'est Assa et Lily. »
La porte s'ouvre, et Assa se glisse dans la pièce.
Lily n'a pas le temps de la suivre,
William sort en même temps et referme derrière lui.
« J'ai envie de jouer aux raquettes, dit-il. Viens avec moi ! »
Et il entraîne Lily vers l'extérieur.

Lily et William longent le canal
un long moment avant que le garçon ne s'arrête.
« Ici, ce sera parfait, décide-t-il en sortant
deux raquettes et une balle de son sac.
– Tu sais que c'est un jour spécial ? »
demande Lily en souriant.

William réfléchit quelques secondes, et s'exclame :
« Ah ! c'est vrai ! C'est aujourd'hui qu'a lieu
la finale de la Coupe du monde de football ! »
Lily hoche la tête, sans oser dire qu'elle parlait de son anniversaire.

Après une longue partie de raquettes,
Lily et William rentrent à la maison.
Sur le chemin, William ramasse des glands.
« Pourquoi tu fais ça ? interroge Lily.
– Comme ça, sans raison », répond William.
En arrivant, il frappe à la porte du salon.
« Qui est là ? demande la voix de Noa.
– William et Lily », répond la petite fille.
La porte s'entrouvre, et William s'engouffre dans le salon.
Lily tente de l'imiter, mais Noa sort de la pièce en compagnie de Maël.
« Maël veut aller voir l'écluse ; il veut que tu viennes avec nous. »
Noa entraîne Lily et Maël.

Les trois enfants arrivent devant l'écluse au moment où elle s'ouvre pour laisser passer une péniche.
« Des coin-coin ! s'extasie Maël en désignant un groupe de canards au bord de l'eau.

– Vous savez que c'est un jour très spécial ? demande Lily.

– Ah bon ? s'étonne Noa. Non, je ne sais pas. C'est quoi ?

– Rien », fait Lily.

C'est incroyable, ses cousins ont bel et bien oublié son anniversaire.

Les trois enfants restent près de l'écluse un long moment, puis décident de rentrer. Sur le chemin, Noa repère une marguerite tombée au sol et la ramasse.
« La pauvre, je vais la mettre dans l'eau », dit-il.
De retour à la maison, le salon est toujours fermé à clé.
Assa laisse entrer Noa et Maël, mais referme la porte avant que Lily ait pu les suivre.
« Pourquoi vous ne voulez pas que j'entre ? demande-t-elle.
– Tu pourras venir dans cinq minutes », lui répond William à travers la cloison.

Triste et déçue, Lily quitte la maison et part se balader le long du canal.
Elle croise plusieurs écluses, salue plusieurs bateaux,
et finit par s'asseoir au pied d'un arbre.
Un rouge-gorge se pose près d'elle et l'observe.

« Toi aussi, tu es seul ? soupire-t-elle.
C'est mon anniversaire, et mes cousins l'ont oublié.
Ils jouent ensemble et ne veulent pas que j'aille avec eux. »
Comme pour la consoler, l'oiseau gazouille.

La porte du salon s'ouvre.
« Lily ! appellent les quatre cousins. Tu peux venir ! »
Mais Lily ne répond pas.
Les enfants la cherchent partout dans la maison, en vain.
« Les parents, vous n'avez pas vu Lily ? demandent-ils.
– Elle est sortie tout à l'heure », répondent les parents.
Assa, William, Noa et Maël se précipitent dehors.

Les quatre cousins longent le canal et les prairies où paissent tranquillement des vaches.

« Lily ! crient-ils. Lily, où es-tu ?

– Elle est là-bas ! » s'exclame William en repérant sa cousine assise au pied d'un arbre.

Les enfants courent vers elle, le rouge-gorge s'envole.

« On te cherchait ! lui dit Noa. Tu veux bien venir avec nous ?

– À quoi bon ? boude Lily. Vous ne voulez pas jouer avec moi.

– Viens, s'il te plaît, insiste Assa. On a quelque chose à te montrer. »

Lily suit ses quatre cousins jusqu'à la maison.
« Je me demande ce que vous voulez me montrer, dit-elle.
– C'est pour ton anni… dit Maël.
– Chut ! le coupe Assa. C'est un secret. »
Ils arrivent devant la porte du salon.
« Ferme les yeux », demande William à Lily.
Elle obéit, et entend la porte s'ouvrir.

« Joyeux anniversaire ! Joyeux anniversaire Lily ! » chantent en chœur les enfants et les parents. Lily n'en croit pas ses yeux. La grande table du salon a été décorée avec des branches ornées de lumières, une marguerite dans un petit vase, des glands peints de toutes les couleurs.

Au mur, une grande banderole a été accrochée,
des paquets cadeaux sont posés sur le canapé.
« Vous avez fait tout ça pour moi, murmure Lily, émue.
– Tu ne croyais quand même pas qu'on allait oublier ton anniversaire ! »
s'esclaffent ses cousins.

Où était caché Petit Dragon  ?

Loi n° 49-956 du 16 juillet 1949 sur les publications destinées à la jeunesse.

Publié par The Marketing Store Worldwide sous licence Hachette Livre. – Les marques suivantes sont la propriété exclusive de McDonald's Corporation et affiliés : Happy Meal, logo Golden Arches.
Édition exclusive The Marketing Store Worldwide pour McDonald's – ISBN : 978-2-38051-080-5
N° d'éditeur : 979-10-94132 – Imprimé en Europe par TBB, a. s. – Lot: 143442/23
Havi Global Solutions Europe GmbH, Geitlingstr. 20, 47228 Duisburg, Germany.
Dépôt légal : novembre 2023 – Dès 3 ans.

FSC www.fsc.org MIXTE
Papier | Pour une gestion forestière responsable
FSC® C022120